♥ El Festival Florestástico de Eva ♥

Para Clementine. Mi lechucita nocturna −R.E.

Agradecimientos especiales a Eva Montgomery.

Originally published in English as *Owl Diaries #1: Eva's Treetop Festival*

Translated by J.P. Lombana

ISBN 978-1-338-03841-5

10 9 8 7 6 5 4 3 2 1   16 17 18 19 20

Printed in the U.S.A   40

First Spanish printing, 2016

Book design by Marissa Asuncion

DIARIO DE UNA LECHUZA

♡ El Festival Florestástico de Eva ♡

Rebecca
Elliott

BRANCHES

SCHOLASTIC INC.

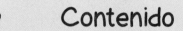

♡ Contenido ♡

11

Avenida Pinoverde

♥ Esta es Eva ♥

Martes

Hola, Diario:

    Me llamo Eva Alarcón. Vivo en la Casa del Árbol 11 de la avenida Pinoverde, en Arbolópolis.

<u>Adoro:</u>

¡Mi nuevo diario!

Dibujar

Los colores (sobre todo el rojo)

Hacer cosas

La palabra <u>calabaza</u>

La ropa fabulosa

La escuela

PRIMARIA ENRAMADA

Estar ocupada

No adoro:

Las medias apestosas de
mi hermano Javier

A Susana Clavijo
(¡ella es MUY odiosa!)

Limpiarme el pico

La palabra pl<u>o</u>p

Pedir ayuda

Las ardillas

Los sándwiches de
babosas de mamá

Estar aburrida

Las lechuzas somos fabulosas.

Estamos despiertas de noche.

Dormimos de día.

Podemos hacer que
nuestra cabeza dé casi
una vuelta completa.

¡Y podemos volar!

Esta es mi familia:

Yo

Papá

los Alarcón

Bebé Mo

Javier

Mamá

¡Y este es mi murciélago mascota, Gastón!

¡Es tan lindo!

Mi MEJOR amiga en todo el
LUCHIVERSO es Lucía Pico.

Lucía vive en el árbol vecino al mío.
Pasamos mucho tiempo juntas.

Lucía también se sienta junto a mí en la escuela. Esta es una foto de nuestro salón:

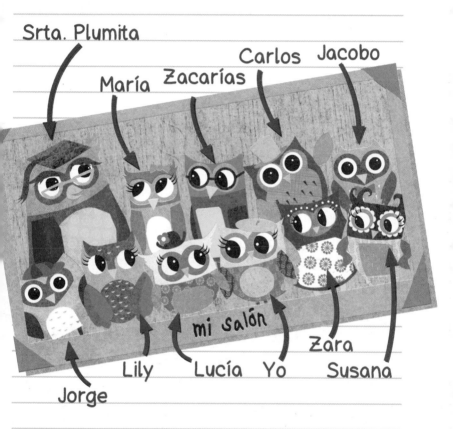

Srta. Plumita

María   Zacarías

Carlos   Jacobo

mi salón

Zara

Jorge   Lily   Lucía   Yo   Susana

¡Ay, no! ¡Voy a llegar tarde! Mañana volveré a escribir, Diario.

♡ ¡Aburrida, aburrida, ABURRIDA! ♡

Miércoles

Cuando llegué a la casa después de la escuela, hice lo mismo de siempre.

Saqué a Gastón a volar.

Comí algo.

Hice mi tarea de **ALINGLÉS**.

Hice manualidades.

¡Hice este lindo brazalete de cuentas!

Me probé nuevas combinaciones de ropa.

Peleé con Javier. ¡VOLVIÓ a dejar sus medias apestosas en mi cuarto! ¡Es un cabeza de ardilla!

Pero después de hacer todo eso, todavía quedaban HORAS antes de que amaneciera. ¡No tenía <u>nada</u> que hacer!

Llamé a Lucía.

¡Lucía! ¡Estoy <u>TAN</u> aburrida! ¿Puedes venir?

¡Lo siento! No puedo. Mañana es el primer día de primavera, así que mamá y yo vamos a sembrar flores.

¿Flores? ¿Primavera? ¡Lucía, eres genial!

¿Quién? ¿Yo? ¡Si tú lo dices!

¡Me tengo que ir!

¡Adiós, Eva!

¡Menos mal que tengo a Lucía! ¡Me acaba de dar una idea **FABULOSA**! ¡Necesito pensar! ¡Ya vuelvo!

Bueno, Diario, he estado pensando y tengo el MEJOR plan del mundo. Pero no tengo tiempo para contártelo. Voy a acostarme. ¡Tengo ganas de contárselo todo a Lucía (y a TI) mañana!

♡ La Srta. Plumita ♡

Hola, Diario:

Le conté a Lucía mi gran plan esta noche mientras volábamos a la escuela.

Festival Florestástico

Voy a organizar el primer...
¡FESTIVAL FLORESTÁSTICO de la
Primaria Enramada!

¡Va a ser aleteadoramente
maravilloso! ¡Habrá concursos
divertidos como uno de talento, uno de
pastelería, uno de moda y uno de arte!
¡Y yo voy a hacer los premios!

A Lucía le encantó mi idea.

¡Vaya, Eva, eso suena alatástico! ¿Cuándo vas a contárselo a la Srta. Plumita?

Esta noche. Pero tengo miedo de que no le guste la idea.

¡Ay, Eva! ¡Le va a ENCANTAR! Parece que requiere mucho trabajo. ¡Pero es una gran idea!

Fui a ver a la Srta. Plumita, nuestra maestra, tan pronto llegué al salón.

Siempre celebramos los días festivos en el salón, pero estaba pensando que... como hoy es el primer día de primavera, ¡nuestro salón podría celebrar un festival de primavera! Y me gustaría organizarlo, si a usted le parece bien.

La Srta. Plumita no dijo nada. Así que seguí hablando. Le hablé de los concursos y los premios.

El festival se llamará Festival Florestástico. Porque en la primavera las flores salen, eh, es decir, florecen. ¡Es un festival DEDICADO a las flores!

Por fin, la Srta. Plumita sonrió.

¡Un festival de primavera es una gran idea, Eva! ¡Qué divertido! Y claro que puedes organizarlo. Pero por favor, cariño, no lo hagas todo sola. Comparte el trabajo.

Ah, y el festival puede ser el próximo jueves. Daremos los premios al día siguiente, el viernes.

Vaya, Diario. ¡El próximo jueves es en una semana nada más! ¡¿Cómo voy a hacerlo todo?!

¡Pero estoy TAN contenta de que a la Srta. Plumita le haya gustado mi idea!

Le conté a Lucía todo antes de clase.

¡Adivina qué, Lucía! ¡A la Srta. Plumita le encantó mi idea!

¡Eso es batitástico, Eva!

¡Pero solo tengo <u>siete</u> días para organizarlo! ¿Por dónde empiezo?

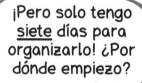

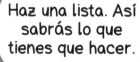

Haz una lista. Así sabrás lo que tienes que hacer.

Lucía es la mejor amiga del MUNDO. Siempre sabe qué hacer.

Tan pronto llegué a casa, escribí la lista:

1. Pintar la escenografía para el concurso de talento

2. Conseguir las mesas para el concurso de pastelería

3. Colgar los marcos para la exhibición de arte

4. Construir la pasarela para el desfile de modas

5. Hacer los premios

¡Es una lista buena y larga! ¡Ya no voy a aburrirme, Diario! ¡Bravo! Ahora me voy a dormir. ¡Buenos días!

♡ Odiosa Odiález ♡

Viernes

Hoy NO fue una buena noche.

Primero, la Srta. Plumita les contó a mis compañeros sobre el festival.

¡El Festival Florestástico será el próximo jueves! Habrá cuatro concursos en los que participar. Y yo entregaré los premios al día siguiente.

Luego me pidió que pasara al frente.
Me sentí un poco nerviosa mientras
volaba hacia allí.

Les dije a todos que el festival era
sobre las flores. Después les mostré
dónde podían poner sus nombres para
los concursos.

Todo iba bien.

¡Increíble!

¡Qué gran
idea, Eva!

PERO ENTONCES, Susana Clavijo
dijo algo muy odioso.

Mis alas empezaron a temblar. Todos me miraban. Eso no me gustó.

Estoy encargada del festival porque... eh... fue mi idea. Y quiero que todos se diviertan. No quiero que nadie más tenga que preocuparse de tenerlo todo listo.

Bueno, yo debería encargarme del desfile de modas. ¡Mi mamá es diseñadora de modas!

Ya me encargué de eso. Pero gracias, Susana.

Volé de vuelta a mi puesto.

Susana siempre está metiendo el pico en mis asuntos. Y siempre es TAN odiosa. Su nombre debería ser Odiosa Odiález.

Una vez, Susana dijo que mi mamá hacía sándwiches apestosos. (Es verdad, pero no debería haberlo dicho).

La Srta. Plumita se
puso de pie.

Cálmense, todos. Estoy segura de que Eva les pedirá ayuda. ¡Y quiero que <u>todos</u> tengan la actitud positiva de Susana! Has dado muy buen ejemplo, Susana. Gracias.

Espero que después de que organice este increíble festival, la Srta. Plumita diga algo igual de bonito sobre mí.

¡Espera, Diario! ¡Mi noche se puso peor! Susana se me acercó durante el almuerzo.

Buena suerte construyendo la pasarela tú sola, Eva. ¡La vas a necesitar!

¡Ay! ¡Odiosa Odiález es <u>tan</u> odiosa!

Antes de acostarme, traté de no pensar en lo que había dicho Susana. Estoy segura de que puedo construir una pasarela. ¿Cierto, Diario?

Ahora estoy preocupada por todo lo que tengo que hacer para el festival. ¡Va a ser un fin de semana ocupado!

¡Duerme bien, Diario!

5

♥ La práctica hace al maestro ♥

Sábado

Hoy comencé a pintar la escenografía del concurso de talento.

Lucía vino a acompañarme y a prepararse para los concursos.

Como yo estoy organizando el festival, no voy a participar en los concursos. ¡Así que quería ayudar a Lucía!

Le di mi mejor receta de pastelitos para el concurso de pastelería.

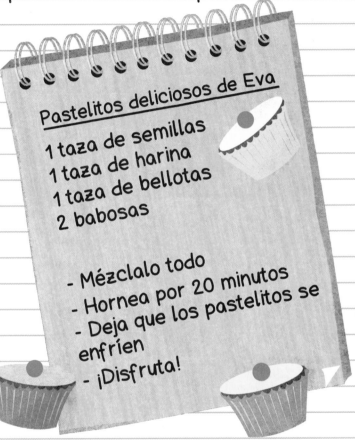

Pastelitos deliciosos de Eva

1 taza de semillas
1 taza de harina
1 taza de bellotas
2 babosas

- Mézclalo todo
- Hornea por 20 minutos
- Deja que los pastelitos se enfríen
- ¡Disfruta!

Prometí ayudarla a hornear el miércoles después de la escuela. Así, sus pastelitos estarán muy frescos para el concurso del jueves.

Después, ayudé a Lucía a escoger un atuendo para el desfile de modas.

Luego ella hizo un dibujo de su mascota, la lagartija Rex, para la exhibición de arte. ¡Eso fue **SÚÚÚPER**!

Yo también hice un dibujo de Gastón vestido de conejo.

Antes de acostarme, ayudé a Lucía a practicar unos pasos de baile para el concurso de talento.

¡A Gastón le encantaron nuestros pasos!

A Javier no tanto.

¡Ja! ¡Parecen un par de flamencos locos bailando el chachachá!

Él es un cabeza de ardilla.

No terminé de pintar la escenografía. Pero tendré mañana todo el día. Así que no te preocupes, Diario. ¡De **CUUUALQUIER** manera, este festival será fabuloso!

♡ ¡El tiempo vuela! ♡

Domingo

Hola, Diario:

¡Me desperté muy temprano!

No he terminado todavía la escenografía del concurso de talento, pero hoy quiero empezar a hacer la pasarela. (¡Le voy a mostrar a Susana que puedo hacerla sola!).

También tengo que hacer los premios para el festival... ¡van a ser GENIALES!

¡Eva!

Ay. Mamá me está llamando. Ya vuelvo, Diario.

¡Volví!

¡Javier y yo pasamos la noche con la abuela Lechicia y el abuelo Lechardo!

Abuela

Abuelo

Fue maravilloso verlos. ¡Pero casi es de día! ¡No he hecho nada! ¡UUUPS! ¡Y ahora el teléfono está sonando!

Lucía llamó para ver cómo me estaba yendo con la lista.

¡Nada bien, Lucía! ¡He estado muy ocupada!

¡Plumas voladoras, Eva! ¡Solo quedan cuatro días para el Festival Florestástico! ¿Seguro que no necesitas <u>nada</u>?

Gracias, Lucía, pero creo que todo va a salir bien.

¡El tiempo voló este fin de semana! Diario, no puedo escribir más. Tengo que hacer los premios antes de acostarme.

♡ Muuucho por hacer ♡

Lunes

¡¡¡Aaaaaaayyyyyyy!!!

¡Solo quedan TRES DÍAS para el festival!

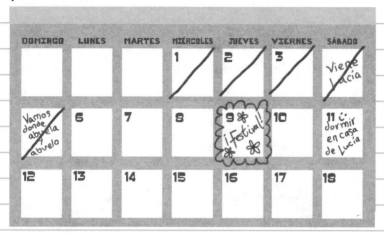

¡He estado tan ocupada ayudando a Lucía y haciendo los mejores premios del MUNDO que nada más está listo! (Pero terminé los premios. ¡Y quiero que todos vean lo bien que quedaron!).

Diario, tú sabes que yo quería hacer este festival sola. Pero necesito ayuda, MUCHA ayuda.

Voy a hablar con Lucía después de la escuela. ¡Más tarde escribo otra vez!

Lucía me ayudó MUCHO. Bueno, más o menos.

Pintamos la mitad de la escenografía. Pero se nos cansaron las alas.

Tratamos de colgar los marcos para la exhibición de arte. ¡Pero no llegábamos tan alto!

Para el concurso de pastelería diseñamos una mesa en forma de flor. Pero no pudimos empezar a construirla.

Sí empezamos a construir la pasarela. ¡Pero es un trabajo difícil!

Así que tenemos <u>MUCHO</u> por hacer:

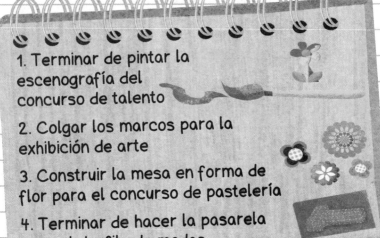

1. Terminar de pintar la escenografía del concurso de talento

2. Colgar los marcos para la exhibición de arte

3. Construir la mesa en forma de flor para el concurso de pastelería

4. Terminar de hacer la pasarela para el desfile de modas

Lucía, no tengo suficientes alas para hacerlo todo.

No te preocupes, Eva. Lo resolveremos.

¡Ay, Diario! ¿Tendré que cancelar el festival?

♥ Un ala al rescate ♥

Martes

Cuando me desperté, pensé en lo tristes que estarían todos si canceláramos el festival.

Luego me acordé de lo que dijo la Srta. Plumita cuando le conté mi idea.

¡Comparte el trabajo!

¡Por fin, Diario! ¡Sé lo que tengo que hacer! Fue una tontería pensar que podía hacerlo TODO sola. ¡NADIE podría! Hay tantas lechuzas talentosas en mi salón. ¡Solo tengo que pedir ayuda! ¡Deséame suerte, Diario! Escribiré después de la escuela.

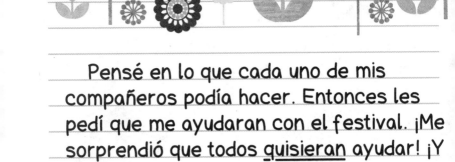

Pensé en lo que cada uno de mis compañeros podía hacer. Entonces les pedí que me ayudaran con el festival. ¡Me sorprendió que todos quisieran ayudar! ¡Y además, todos nos divertimos!

Jorge, Carlos y Zara son los mejores artistas del salón. Así que les pedí que pintaran la escenografía del concurso de talento.

Zacarías y María son las lechuzas más altas del salón. Así que les pedí que colgaran los marcos para la exhibición de arte.

Lily y Jacobo saben construir cosas.
Así que les pedí que hicieran la mesa
para el concurso de pastelería. ¡Les
encantó el diseño de flor que hicimos
Lucía y yo!

Todavía necesitaba ayuda con
la pasarela. Pero Susana no había
ido a la escuela. (¡Tuvo que ir a la
LECHUDENTISTA!). Mañana le pediré
ayuda. Pero estoy TAN nerviosa.

Lucía, pedirle ayuda a Susana me da nervios. ¿Qué pasa si se ríe de mí? ¿Qué pasa si me dice algo odioso? ¿O qué tal si dice que no?

No hay manera de saber qué dirá Susana. Solo sé la lechuza amable, divertida y sencilla que eres y espera a ver qué pasa.

Pero mañana es la víspera del festival. Si Susana dice que no y la pasarela no está lista, ¡¡¡tendremos que cancelar el desfile de modas!!!

♡ Un día raro ♡

Miércoles

¡Hablé con SUSANA! Esto fue lo que pasó.

Eh... ¿Susana?

¿Sí?

Quería saber si podrías ayudarme...

¿A construir la pasarela?

Sí. ¿Te parece bien?

¡Por supuesto! ¡Deseaba que me pidieras ayuda!

No podía creer que Susana dijera que sí. Hasta me sonrió. Más o menos.

Y me ayudó a construir la pasarela después de clase.

Luego, Lucía vino a la casa. Horneamos sus pastelitos para el concurso de pastelería. ¡Y pusimos una flor encima de cada pastelito!

¡Cuando terminamos, tuvimos una pelea con harina! ¡Fue muy divertido!

Ha sido un día raro. Pero muy bueno. ¡Y no puedo creer que <u>MAÑANA</u> es el GRAN día, Diario! ¡Yujú!

♡ El festival ♡

Jueves

Hola, Diario:
   El festival fue un gran
éxito para todos...

¡Festival Florestástico!

Menos para mí. Me pasé todo el
día yendo de un lado a otro para
asegurarme de que todo saliera bien.
Pero todo salió mal.

Primero, los pastelitos de Lucía no parecían lindas flores. Les pusimos el glaseado mientras estaban calientes. Así que se derritió. ¡Y quedaron como bolas de MOCOS!

Después, ¡vi colgado en la exhibición el dibujo de Gastón que hice en broma! No vi el de Lucía por ninguna parte. Debió de haber entregado mi dibujo por equivocación. ¡Ay, Lucía! ¡Nadie debía ver mi dibujo! ¡Gastón parece un EXTRATERRESTRE LOCO!

Más tarde, en el concurso de
talento, ¡tropecé y caí encima de la
Srta. Plumita!

Eh. ¡Espero que esté
disfrutando el desfile!

El desfile de modas fue el último evento. ¡Y caminé por la pasarela con mi vestido metido entre mi <u>ropa interior</u>!

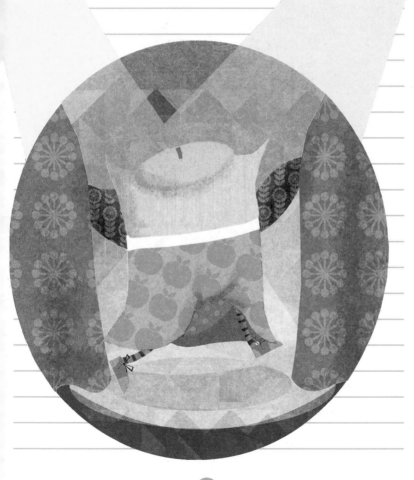

¡AY! ¡Todo el festival fue tan **PLUMOSAMENTE** vergonzoso! Estoy segura de que todos piensan que soy una cabeza de ardilla.

Cuando la Srta. Plumita entregue los premios mañana, ¡espero <u>nunca</u> más tener que oír sobre este festival!

♡ ¡Floreciendo! ♡

Viernes

Fui a clase temprano para dejar los premios de los concursos.

Luego traté de esconderme.

La Srta. Plumita comenzó a ULULAR:

¡El primer Festival Florestástico fue fabuloso! Ahora, anunciaré a los ganadores de los concursos...

Mejor dibujo

La más talentosa

Mejores pastelitos

Mejor atuendo

A todos les gustaron los premios que hice. (Me dio lástima que Lucía no ganara. ¡No debí ayudarla con esos pastelitos!).

Luego, la Srta. Plumita me pidió que pasara adelante. ¡Pensé que me iba a CHILLAR por mostrar mi ropa interior! Pero no...

¡Me dio un premio especial!

¡Gracias, Eva, por trabajar tan duro y por hacer que todos trabajaran juntos! El festival no habría tenido lugar de no haber sido por ti.

¡Estaba <u>muy</u> contenta! Pero sabía que no debía quedarme con el premio.

Mejor
Organizadora
del Festival
de Primavera

Lo siento, pero no puedo aceptar este trofeo.

¿Podrían todos mis compañeros venir, por favor?

Mis compañeros volaron al frente.
Lucía se paró junto a mí.

Todos nos turnamos para sostener el trofeo. La Srta. Plumita sonrió. ¡Todos gritamos **VIVAS**! ¡Hasta Susana!

Diario, me sentí mejor que nunca.

¡Ahora solo tengo que pensar en mi próximo proyecto!

Eh... ¿cuándo podré empezar a planear un festival de verano?

Rebecca Elliott se parecía mucho a Eva cuando era más jovencita: le encantaba hacer cosas y pasar el tiempo con sus mejores amigos. Aunque ahora es un poco mayor, nada ha cambiado... solo que sus mejores amigos son su esposo, Matthew, y sus hijos Clementine, Toby y Benjamin. Todavía le encanta crear cosas como pasteles, dibujos, historias y música. Pero por más cosas en común que tenga con Eva, Rebecca no puede volar ni hacer que su cabeza dé casi una vuelta completa. Por más que lo intente.

Rebecca es la autora de JUST BECAUSE y MR. SUPER POOPY PANTS. DIARIO DE UNA LECHUZA es su primera serie de libros por capítulos.

DIARIO
DE UNA
LECHUZA

¿Cuánto sabes sobre el Festival Florestástico de Eva?

Nombra algunos datos interesantes.

Eva creó la palabra florestástico. La palabra está formada por dos palabras reales: flores y fantástico. ¿Qué crees que quiere decir florestástico?

¿Piensa Eva que el festival es un éxito? ¿Por qué sí o por qué no?

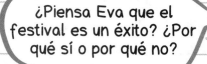

¿Qué piensa Eva de mí al principio de la historia y al final de la historia? ¿Qué aprendió Eva sobre el trabajo en equipo?

¿Te gustaría participar en el desfile de modas, el concurso de talento, la exhibición de arte o el concurso de pastelería? Usa palabras y dibujos para mostrar lo que harías.

scholastic.com/branches